家族

千葉皓史句集

ふらんす堂

目次

句集

家族

I

八十四句

敲いてはのし歩いては畳替

枯菊の沈んでゆける炎かな

畳まれて戻る風呂敷石蕗の花

とんとんと事の運べる息白し

冬薔薇を選びゐるなり見守られ

寒鯉の背高き雨となりにけり

びつしよりと道の濡れをる蜜柑むく

帳面の膨らんでゐる冬の蠅

幼子の遊びくらせる二月かな

あたたかき夜の畑となりにけり

卓袱台の拭き清められ雛祭

朝の月皎し入学式の子に

ま近くに駅あるらしき櫻かな

春の虹こつんとものの置かれたる

ひとところ摘んで蓬の籠とせる

遠来の一歩に開け菖蒲園

明易き森の中なる灯がともり

青芝を破りし岩の頭あり

麦藁をつかみ捨てをる影法師

薔薇園のみじかき道を行きにけり

水を打つ方へ方へと子が逃げて

預かりし日傘の中で待ちにけり

青芝の上なる帰り仕度かな

いちにちのところどころの青芒

かなかなは聴き耳を立てられにけり

馬追をはねかへしたる襖かな

病む母の見下ろされをる秋の暮

極月や厨の母を訪ね当て

青空の月の欠けゐる火桶かな

アパートを水の出でゆく古暦

石神井の綿虫なれば石神井に
枯葦をのぼる汚れとなりにけり

節分の母を訪ふ月下かな

青き踏むひとり離れて踏む汝と

聞かせたき鶯笛の聞こえけり

大風や林はづれの雛の家

あたたかき風のよごせる畳かな

花散るや前掛たたむ膝の上

いちにちを母老いたまふ春の雨

逝く春の小学校の机かな

青空を使へる蠅の生まれけり

山梨　十一句

一部屋によび集められ遠蛙

銘々の浴衣あたらし麦の秋
ががんぼの脚をひろげてあふむけに

まつくらな泉に顔をつけにけり

一列に人のはひれる夏野かな

はるかなる人ハンカチを使ひをり

太陽のなき夏帽のわれらなる

梅干に似てをる梅の干されあり

一と筵なる干梅にまうけ箸

電柱の影のとうしみ蜻蛉かな

音のなき瀧の全長掛かりけり

雷鳴の轟く箸を運ぶなり

押入れが中から閉まる青嵐

赤ん坊の顔をくぐらす麻のれん

氷水つめたき匙が残りけり

戸袋の厚くて松葉ぼたんかな

飫肥　二句

まつすぐに落ちて湯呑に火取虫

いちまいの紙の上なる昼寝かな

千倉　六句

かなかなや渚つづきを潮けむり

纜を短くつかふ秋の潮

海老舟の戻りを競ふ天高し

濡網をごつんと下ろす木槿かな

濡網のまつはる鱸よこたはり

海老網を出るいろいろの露けしや

奥の細道　十九句

野葡萄のそろはぬ色を尽くしけり

提灯を山から吊つて谷の秋

山中に音なき鹿を囲ふなり

稔り田を来るみちのくの鶗鳥

暑がつてゐる秋風の面かな

清流に突つ込む小鳥来ては去り

湯上がりの尻のつめたき秋の暮

秋草の丈のすぐれし日和かな

秋風の落し物なり光堂

駈け下る泥の行者や草の花

川音の冷まじき湯のあふるるよ

日面に一輪ひそむ野菊かな

秋風の落つる水面や最上川

幼子の隠るる芒拝みけり

入口にして出口なる芒かな

板の間にぺたりと坐り小鳥来る

子の余す舞茸汁をすすりけり

湯上がりの熱き手足やきりぎりす

まつ黒な薬缶の通る落葉かな

Ⅱ

七十二句

城ヶ島・磯料理　三句

冬濤の行くあてのなき数弧あり

襟巻の子の座りたる畳かな

岩棚を潮のよこぎる日向ぼこ

南天のまばらなる実に凌がるる

家ぬちを拭き込みをるや冬欅

丸められたるセーターを預かりぬ

冬晴の子供のひとり歩きかな

余呉　二句

トラックの朝の疾走桃の花

みづうみにみづあつまれる紫雲英かな

佐久　五句

野の蠅の吹きとばさるる音したり

たも網に鯉からめある皐月かな

牛小屋の高くらがりを夏燕

鋼材をきれいに積んで団扇かな

開いてをる鞄の口や夜の秋

浅草　二句

ふさふさとほほづき市の立ちにけり

ほほづきを提げて鬼灯市にあり

城ヶ島　五句

大ぶるひして通ひ船露日和

島畑に墜ちしきちきちばつたなり

ぎっしりと鷗が濤に青蜜柑

石叩き翔ちて潮を通しけり

秋鯵を叩かせにけり一人客

吉野　七句

はなびらの間のひろき野菊かな

つめたさは杉舞茸を掻きし指
てのひらに載せてもくれし茸狩

ゐのししの吹跡にしてやはらかき

熊の肉煮え来る箸の汚れけり

空部屋の灯りてをりし霞かな

熊皮は折り猪皮は巻きにけり

鎌倉　五句

清浄にして北風のとめどなく

外套の中なる者は佇ちにけり

すぐそこを煙のとほる海鼠かな

潮先の千鳥の数の言はれけり

冬景色とは鷗翔ち鷗着き

綿虫や子に覗かるる腕時計

裏側に日の当たりをる屛風かな

ライターの火をくれてゐる年の塵

子が目守る大年の湯のわがふぐり

堅土の吹き飛ばしゐる木の葉かな

冬座敷われが入つて来たりけり
まつ暗な外となりたる炬燵かな

小名木川　二句

一月の運河の分つ街にあり

せきれいの走り足すなり寒の雨

浦安　三句

ゆらゆらと老夫を立たす蜆舟

春潮を汲んでふるふるバケツかな

舟板を干す春寒の舟の上

青梅　四句

低ぞらに鳶のちらばる斑雪かな

白き山めぐらす蜂の飼はれけり

一と山を伐り倒しある彼岸かな

あたたかに葦の始末をしてをるよ

浜離宮

遠国の石を配せる牡丹かな

日光　三句

青とかげ蛇籠の中を走りけり

初蟬の声をよこぎる広野かな

瀧壺のおもてに瀧の映りけり

すべらせて配る白紙や夜の秋

取込まれたる風鈴の下がりをる

ざくざくと歩める天の高さかな

固巻きの露の葭簀の五六本

この森の映つてゐたる木の実かな

三崎港・油壺　三句

秋惜しむ上甲板といふところ

洋上の日向にをりてそぞろ寒

船が押す岸の動かぬ冬隣

佃　五句

大川は大日向なる布団干す

一と株の強き曲りの枯芒

島草の冬草となる頃を来て

うしろから息の白きを言はれけり

川風の力さなかの咳ばらひ

清里　六句

新雪を日影の走る林かな

泥水を吸ひたる雪の氷りけり

燃え通しなるストーブに帰りつく

息白き日ごと夜ごとや牧草地

日の当たりをるストーブの冷たさよ

雪解野を来るばらばらになりもして

Ⅲ

百十二句

てのひらを降ろしてもらふ雛かな

老母の座り働き鳥曇

卯の花や子供がつかふ風呂の音

切薔薇をすくひ取りたる妻の指

祭菓子およそ包みに渡さるる

萍のうごかぬ水の減りにけり

蝙蝠の栄ゆる空の暮れかかり
母の家に母ゐる秋の簾かな

雨を吐く末枯鉢となりにけり

秋晴を嗅ぐ老犬のするごとく

短日や母に訊ぬる父のこと

妻子らの出掛けし小春日和かな

水仙の莟の曲りそめしなり

びしよ濡れの土の燃えゐる焚火かな

萬両の実にくれなゐのはひりけり

青空の端に出されし福寿草

鎌倉　三句

あたたかや鴉を連れて群かもめ

春潮ののびて鴉は考へて

濤音のどすんとありし雛かな
菜の花をほどく包みを転がして

蹲る番犬へ散る櫻かな

強鉦の打たるる欅芽吹きけり

川音を堤のへだつ蓬かな

投げ入れて壺の中まで花卯木

豊後梅一升枡にすりきりに

桐の花母の齢は笑むばかり

二三日夕日の燃ゆる燕の子

熟麦を出られぬ風の進むなり

奥多摩　七句

岩魚焼く熱き煙を通しけり

夕風に浮かべてもらへ浴衣の子

木槿高き膳の設けてありにけり

川上へ水ののがるる厄日かな

老母の噎せたまふなり秋の風

わが声に遠き手挙り水の秋

秋風をのせてふくらむ水面かな

立つたままひそひそ話冬座敷

どんど小屋片手が招き入れにけり

汚れ雪ひろびろ水の流れ出て

春を待つ母はひとりにして置かれ

料峭の道を引き入れ楢林

蛤つゆをかちりかちりと装ふなり

芦ノ湖　二句

みづうみの高き平らや春の暮

春雪の割れて沈める藪がしら

夕暮は道ひろきとき桐の花

普請場の汲み置き水や黒揚羽

ばらばらに風の生まるる真菰かな

大揺れのもののおもてを蟻の道

もつれたる秋蝶ともに小さけれ

秋蟬の声の戻りし水の上

日の空を幾たびも来る小鳥かな

鎌倉　二句

白波に乗る何もなしきりぎりす

秋燕の押し上げられて集ひけり

末枯や蜂のもつるる鉋屑

青天に土の気かよふ秋祭

秋風や母の怒りのいづこより

老母の耳元を訪ふ秋の暮

荒船山

コスモスを大人数の去りしなり

浦安

冬空をまたひとゆすり懸り舟

龍の玉どの病室もかはいさう
跳石のみち浮いてをる寒の雨

寄せ雪の狭間を戻る夜毎かな

母屋よりかかれる電話春の雪

訪ひて母を眠らすぼたん雪
人なかに会ひ得し永き日なりけり

高浮ける鴉の声のあたたかし

三崎港・油壺　六句

夏濤のそろはぬ丈の進むなり

甲板に仰ぎ見るべし夏の山

夏帽子海凸凹でありにけり

軒低し摘まみかぞへに舌鮃

片陰を来よ旅人も浦人も

潮風の搏てる真水や青芒

伸び足りしものの露けくなりにけり

新涼や振つて乾かすたなごころ

きちきちの吹き流さるる子供かな

蜻蛉の行き交ふ街に商へる
しつかりと支へられたる菊枯るる

枯草の名を次々に言ひもして

老母のかむせもらへる毛糸帽

井草八幡宮

人なかを人の一列初社

待ち人の揃ひて雪になりにけり

幼子の掌のみだりなる氷かな

下萌の押しつつむ幹たちならび

足跡を風のさらへる麦青み

摘みきれぬ土筆の中を帰りけり

前掛の妻の歩める朝櫻

善福寺へ転居

この家のところどころの明易き

左手の使つてゐたる扇かな

置かれあるものの中なる風知草

おのおのの扉暮しの夜の秋

拾ひたる椎の実のある読書かな

灯ともさず母のをりたる白芙蓉

店番の独り働きいわし雲

父母若き運動会が始まるよ
幼な子の願ひつつつまし小鳥来る

ひねもすの秋晴を灯の点るころ

笹叢の冬みどりなる木霊かな

毎日が初めての年暮るるなり

東京を見失ふ雪しんしんと

谷保天神

にはとりの走り入るなり梅林

よその子の座つてゐたる雛かな

うちまもる筍飯のよそはるる

赤ん坊の手ゆび足ゆび鯉幟

温もりし鉛筆を擱く夏至の雨

蒲の穂の綻びどころ鮮しき

いづこへか下る石段夜の秋

蟷螂をはらふ平手をもつてせり

倒れたる芒の厚き朝あり

狛江

長堤や秋水を容れ畑を容れ

石神井氷川神社

静寂の包む人ごゑ初社
きのふよりけふ夕映えて寒の内

巻き包む一本きりの黄水仙

雪解風そのとき母を失ひぬ

Ⅳ

七十二句

菜の花を挿す亡き者に近々と

春寒し姉の泣いては笑ひては

真ん中に立たせられたる干潟かな

櫻貝夜深き風は聞くばかり

ひとつこと済みたるものの芽なりけり
亡き母のわれを想へる辛夷咲く

秩父　五句

低きこと浅からぬこと春の山

山径を結び伸ばすや芽吹く中

道に出て春田の宿の泊り客

佇めるそのひとのこゝ春の暮

夕闇の春田を踏んで来給へる

青空の照らすぬかるみ黄金虫

声ちぢむ水鉄砲をしてゐるよ

塵取りを流れ出る蟻掃き取られ

ニューヨーク　二句

朝影のマンハッタンの鰯雲

セントラルパークの草の秋を来ぬ

芝青き十一月に入りにけり

亡きあとも母大切や龍の玉

玄関に道の来てゐる十二月

ぽつたりと載つたる水や厚氷

川面より低きに搗ける寒の餅

春霰の打つ道幅となりにけり

篠やぶへ消ゆる径あり春菜畑

父の亡き母の亡き草青むなり

春昼のわが留守宅を訪ふごとし

地続きといふこと藤の花の下

浦風の吹き消す蠅の生まれけり

鎌倉　二句

空蟬を懸けもどしけり高々と

空部屋の通してゐたる南風かな

蜻蛉の搏つたるわれの暮れかかり

くちばしを寝かせ飲む水秋の雨

引き返す他なき空の澄みにけり

あてがはれゐる一卓や水の秋

飯桐の実を飯桐の木が揺すり

裏庭にありし青空冬隣

掃除機を掃除する妻日短か

冬の水突つつく指を映しけり

高々と風を失ふ落葉かな

青空の下を探せば龍の玉

半日をもの煮るにほひ龍の玉

正月の笑顔の中を通りけり

枯原を歩みて空をひとめぐり

犬ふぐり土留めの板の真新し

消しまはりたる春灯点けまはり

永き日の盆栽町といふところ

平らなる水面の響く蛙かな

目を見せて浮かぶ蛙となりにけり

幼くて一人遊べる梅白し

少年の問ひ昂りぬ木の芽道

農芸高校

馬小屋に馬の納まる日永かな

手の届くところに夜の白つつじ

金星の生まれたてなるキャベツ畑

自転車を飛ばすこどもの日なりけり

跳びついて抱き上げらるる端午かな

薫風を行かせをりたる子供たち

大皿の載せてまはれる柏餅

明易の長椅子にまた横たはり

警官の隠れどころの青芒

武蔵野の夏たけなはの小径かな
太陽のゐ残る枝を下ろしけり

われを指す水引草の紅つよし

秋晴の眺め置かるる一日あり

交番をおとなふ母子鰯雲

踏まれずにある一日の団栗よ

鎌倉　四句

砂山のうは砂粗し昼の虫

影伴れて蟹のあらそふ草の花

秋風の吹き越す濤のすすむなり

点々と咲いて知らるる野菊かな

隣り合ふ屋上親し露日和

いくつでも剝いてくれたる柿甘し

とんばうの驚く宙の残りけり

青空の光つてゐたる秋の暮

あとがき

『家族』は私の第二句集である。

平成三年に上梓した第一句集『郊外』の序で、石田勝彦師は以下のやうに書いて下さつてゐる。

「句集の終りの方に、次の句がある。

　冬川につきあたりたる家族かな
どうやら千葉君の演技は、「家族」にまで達したらしい。どういふ演技の出来映を見せてくれるか、彼の句の読者のたのしみが一つ増えたことになる」

亡師の期待にお応へ出来たはずもないが、かうして第二句集『家族』を出すまでに三十年といふ途方もない歳月が過ぎてしまつた。勝彦師の墓前と、その亡き後も親身にご指導下さつた綾部仁喜師の墓前とに、深くお詫びを申し上げなければならない。

本句集には、『郊外』以後、ほぼ平成末年までの作品を収めた。

「泉」主宰の藤本美和子氏、「汀」主宰の井上弘美氏、「椋」代表の石田郷子氏をはじめ、これまでお世話になつた方々に深く感謝を申し上げたい。出版に際しては、ふらんす堂の山岡喜美子氏にお骨折り戴いた。記して、御礼を申し上げる。

家族にも感謝したい。

令和五年孟春

千葉皓史

著者略歴

千葉皓史（ちば・こうし）

昭和22年東京生まれ。早大卒。

「泉」石田勝彦、綾部仁喜に師事。

昭和60年度「泉賞」受賞。

同人誌「夏至」創刊に参加。『現代俳句ニューウェイブ』（共著）。句集『郊外』で平成3年度俳人協会新人賞受賞。

俳人協会会員。

句集　家族

二〇二三年四月二〇日　初版発行

著　者――千　葉　皓　史

発行人――山岡喜美子

発行所――ふらんす堂

〒182-0002 東京都調布市仙川町一―一五―三八―二F

電　話――〇三（三三二六）九〇六一　ＦＡＸ〇三（三三二六）六九一九

ホームページ http://furansudo.com/　E-mail info@furansudo.com

振　替――〇〇一七〇―一―一八四一七三

装　丁――千　葉　皓　史

印刷所――日本ハイコム㈱

製本所――㈱松　岳　社

定　価――本体二八〇〇円＋税

ISBN978-4-7814-1530-7　C0092　¥2800E